O LENHADOR

Catullo da Paixão Cearense

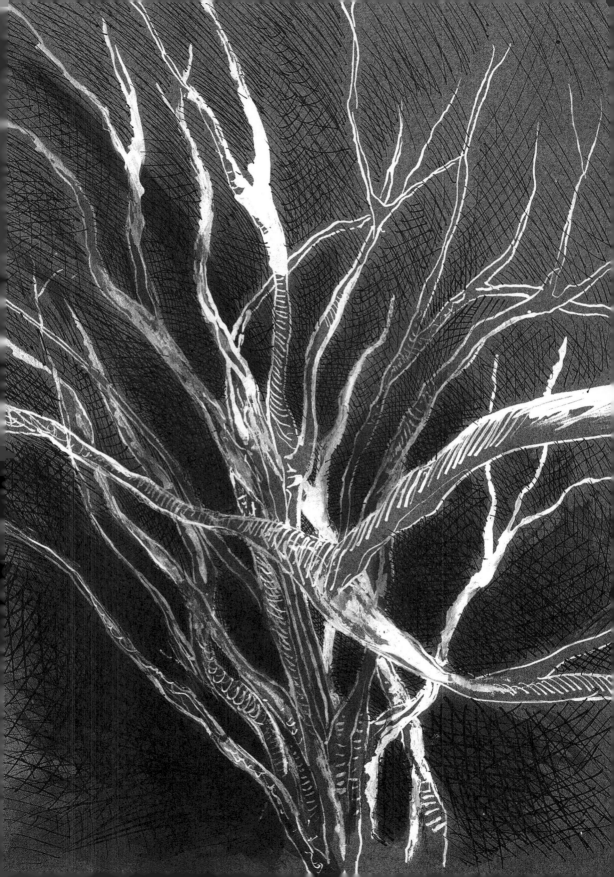

A Editora Peirópolis
tem o prazer de apresentar
o poema em voz alta

O LENHADOR

Catullo da Paixão Cearense

ORGANIZAÇÃO
Francisco Marques
(Chico dos Bonecos)

ILUSTRAÇÕES
Manu Maltez

SUMÁRIO

O Lenhador   11

Mestre Catullo: vida, paixão e lua   33
   Menino maranhense   35
   Coração dos Outros   39
   O espantoso inventor de metáforas   42

Um "lenhador" diferente   45

Coleção de Diamantes   53

Bibliografia consultada   64

Oi Catullo!

Como a gente anda longe das canduras de Catullo!
Acho que a natureza agora está chorando inteira.
Por todos os seus rios, por todas as suas conchas, por todas
as suas árvores. Parece que o homem enlouqueceu. Agora
nem usa machado mais, usa serra. E vai serrando as árvores
por hectare. As florestas sangram. Não temos mais a Vó
para chorar a dor das árvores. Só os passarinhos choram.
Os nossos meninos sabem pouco sobre a dor das árvores.
Nós sabemos pouco.
Oi Catullo! Sabemos pouco ou quase nada sobre o
coração das árvores. Eu, de minha parte, só penso em desver
este mundo tão malvado com a natureza. Mas para desver este
mundo precisei de inventar outro. Pois ontem eu vi um sapo
com olhar de árvore. Eu escondi as árvores no olhar do sapo!
Agora as árvores estão escondidas no olhar dos sapos!
Se o lenhador quiser cortar uma árvore, o sapo fecha o olho!
Oi Catullo!

Manoel de Barros

Um Epitáfio para Catullo da Paixão Cearense

Catullo não morreu: luarizou-se...

Mario Quintana

Da obra "A cor do invisível". Mario Quintana. São Paulo, Editora Globo, 2006. Segunda edição. Página 120.
© *by Elena Quintana*

O LENHADOR

Catullo da Paixão Cearense

À memória de Paulo Silva Araujo

Um lenhadô derribava
as árvre, sem percisão,
e sempe a vó li dizia:
"Meu fio: tem dó das árvre,
que as árvre tem coração!"

O lenhadô, num muxoxo,
e rindo, cumo um sarvage,
dizia que os seus consêio
não passava de bobage.

Às vez, meu branco, o marvado,
acordando munto cedo,
pegava no seu machado,
e levava o dia intêro,
iscangaiando o arvoredo.

E a vó, supricando im vão,
sempe, sempe li dizia:
"Meu fio: tem dó das árvre,
que as árvre tem coração!"

Numa minhã, o mardito,
inda mais bruto que os bruto,
sem fazê caso dos grito
da sua vó, que já tinha
mais de noventa janêro,
botou no chão um ingazêro,
carregadinho de fruto.

D'outra feita, o arrenegado
fez pió, munto pió!
Disgaiou a laranjêra
da pobrezinha da vó,
uma véia laranjêra,
donde ela tirou as frô
pra levá no seu vistido,
quando, virge, si casou
cum o véio, que tanto amou,
cum o difunto... o falicido!!

E a vó, supricando im vão,
sempe, sempe li dizia:
"Meu fio: tem dó das árvre,
que as árvre tem coração!"

Do lado do capinzá,
adonde pastava o gado,
tava um grande e véio ipê,
que o avô tinha prantado.

Despois de levá na roça
c'uma inxada a iscavacá,
debaxo daquela sombra,
nas hora quente do dia,
vinha o véio discansá.

Se era noite de luá,
ali, num banco de pedra,
c'uma viola cunversando,
o véio, já caducando,
rasgava o peito a cantá.

Apois, meu branco, o tinhoso,
o bruto, o mau, o tirano,
a fera disnaturada,
um dia jogou no chão
aquela árvre sagrada,
que tinha mais de cem ano!

Mas porém, quando o tinhoso
isgaiava o grande ipê,
viu uns burbuio de sangue
do tronco véio iscorrê!

Sacudiu fora o machado,
e deu de perna a valê!

E foi correndo!... correndo!!

Cada tronco que ia vendo
das árvre que ele torou,
era um braço alevantado
dum home, meio interrado,
a gritá: "Vai-te, marvado!...
Assassino!... Matadô!
Foi Deus quem te castigou!"

E foi correndo!... correndo!!

Cada vez curria mais!

Mas porém, quando, já longe,
uma vez oiou pra trás,
vendo o ipê alevantado,
cumo um home insanguentado,
cum os braço todo torado...
cada vez curria mais!

Na barranca do caminho,
abandonado, um ranchinho
entre os mato entoce viu!
Qué vê se isbarra e discansa
e o ranchinho, pru vingança,
im riba dele caiu!

E foi correndo e gritando!
E as árvre, que ia topando,
e que má pudia vê,
cumo se fosse arrancada
cum toda a raiz da terra,
numa grande adisparada
ia atrás dele a corrê!!

Na boca da incruziada
vendo uma gruta fechada
de verde capuangá,
o home introu pulos mato,
que logo que viu o ingrato,
de mato manso e macio,
ficou sendo um ispinhá!

E foi outra vez correndo,
cansado, pulos caminho!...

Toda a pranta que incontrava,
o capim que ele pisava
tava crivado de ispinho!!!

Curria... e não aparava!!!

Ia correndo, sem tino,
cumo o marvado, o assassino,
que um inocente matou!

Mas porém, na sua frente,
o que ele viu, de repente,
que, de repente, impacou?!

Era um rio que passava,
ali, naquele lugá!!
O rio tinha uma ponte,
que nós chamemo – pinguela...

O home foi atravessá!
Pôs o pé... Ia passando...
E a ponte rangeu, quebrando...
e toca o bicho a nadá!!!

O bruto tava afogando,
mas porém, sempe gritando:
"Socorro, meu Deus, socorro!
Socorro, que eu vou morrê!!
Eu juro a Deus, supricando,
nunca mais na minha vida
uma só árvre ofendê!!!"

Entonce, um verde ingazêro
que tava im riba das água,
isticou um braço verde,
dando ao home a sarvação!

O home garrou no gaio,
no gaio cum os dente aferra,
foi assubindo... assubindo...
e quando firmou im terra,
chorava cumo um jobão!

Bejando o gaio e chorando,
dizia: "Munto obrigado!
Deus te faça, abençoado,
todo o ano tê verdô!
Vou rebentá meu machado!
Quero isquecê meu passado!
Não serei mais lenhadô!"

Despois desta jura santa,
pra tê de todas as pranta
a graça, o perdão intêro
dos crime de home ruim,
foi se fazê jardinêro,
e não fazia outra coisa
sinão tratá do jardim.

A vó, que já carregava
mais de noventa janêro,
dizia que neste mundo
nunca viu um jardinêro
que fosse tão bom ansim!

Drumia todas as noite,
dexando a jinela aberta,
pra iscutá todo o rumô,
e às vez, inté artas hora,
ficava, ali na jinela,
uvindo o sonho das frô!

De minhã, de minhã cedo,
lá ia sabê das rosa,
dos cravo, das sempe-viva,
das manguinólia cherosa,
se tinha drumido bem!

Tinha cuidado cum as rosa
que munta vó carinhosa
cum os seus netinho não tem!

Dizia a uma frô: "Bom dia!
Cumo tá hoje vremêia!…"
Dizia a outra: "Coitada!
Perdeu seu mé!… Foi robada!
Já sei quem foi!… Foi a abêia!"

Despois, cum pena das rosa,
que parece que chorava,
batia leve no gaio,
e as rosa disavexava
daqueles pingo de orvaio!

Ia panhando do chão,
as frô que no chão caía!

Despois, cum as costa da mão,
alimpando os pingo d'água
que vinha do coração,
batia im riba do peito,
cumo quem faz cunfissão.

Quando no sino da ingreja
tocava as Ave-Maria,
nos cantêro, ajueiado,
pidia a Deus pulas arma
das frô, que naquele dia
no jardim tinha interrado!

E agora, quando passava
junto das árvre, cantando,
cheio d'água, carregando
o seu véio regadô,
as árvre, filiz, contente,
que o lenhadô perduava,
no jardinêro atirava
as suas parma de frô!

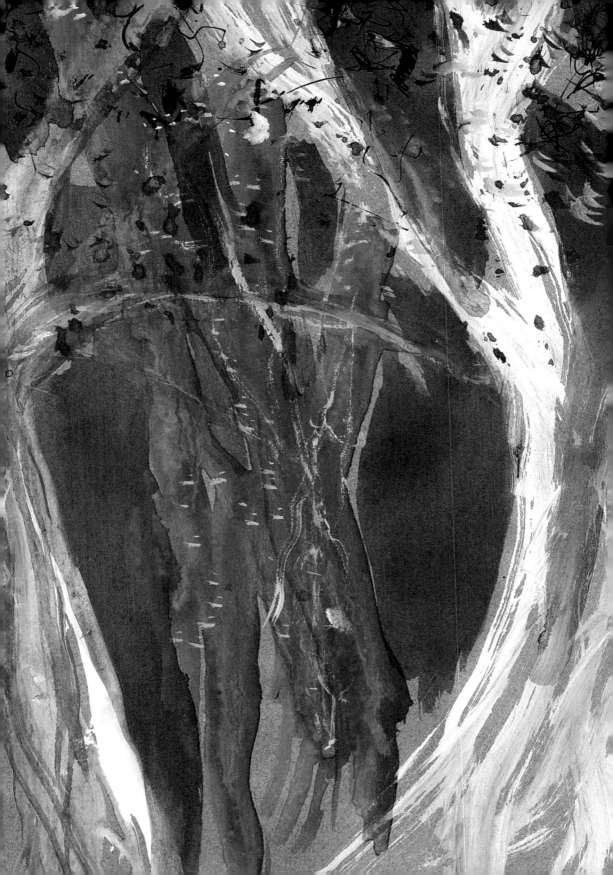

"Assim como nos campos a abelha
persegue a flor, a cabra o talo novo,
o javali a raiz e os outros animais
a semente e o fruto, do mesmo modo,
nas leituras de poesia, um seleciona
as flores da história, outro colhe a
beleza e a construção das palavras."

Plutarco

"Obras morales y de costumbres (Moralia).
Cómo debe el joven escuchar la poesía".
Editorial Gredos, Madrid, 1992. Historiador
e ensaísta grego, Plutarco nasceu no ano 46,
na cidade de Queronéia, e faleceu no ano 120.

MENINO MARANHENSE

Catullo da Paixão Cearense nasceu no dia 8 de outubro de 1863. Filho de Maria Celestina Braga da Paixão e Amâncio José da Paixão Cearense.

É o próprio Catullo que conta a sua história:

"Nasci na Capital do Maranhão. Aos dez anos fui para os sertões agrestes do Ceará e aos dezessete vim para o Rio de Janeiro. Trouxe comigo as saudades da paisagem, da fala e das gentes do sertão. Salvei-me, felizmente, dos cursos e dos títulos. Estudava por mim tudo o que me interessava. Meu pai estabeleceu-se aqui à Rua São Clemente, 37, em Botafogo, com uma relojoaria, e eu, todo enlevado nos cajueiros e nas pitangueiras de Copacabana, entregue às farras e aos amores, julgava que não era preciso trabalhar. Muitos desgostos lhe dei. Falando do meu horror pelo mar, ele ameaçou-me, muitas vezes, de me meter na marinha, mas nunca teve coragem de cumprir a ameaça, porque nós éramos do sertão. Morreu em 1885, depois de minha Mãe, e só então me apercebi que a vida sem o seu carinho e o seu amparo era uma coisa séria. Entreguei-me ao estudo para encontrar uma profissão, que nunca descobri..."

Guimarães Martins "O artista que só não deslumbrou os imbecis". Da obra "Um boêmio no céu", de Catullo da Paixão Cearense. Livraria Império Editora, Rio de Janeiro, 1966. Oitava edição. Páginas 161 e 162.

Nessa época, a poesia e a música já tocavam na sensibilidade do menino maranhense. Começou com a flauta, mas logo depois encontrou o seu amigo da vida inteira: o violão. E não demorou a compor a sua primeira modinha: "Ao luar".

Em 1901, aproximadamente, Catullo criou uma escola para crianças:

"Inventava jogos para o conhecimento do alfabeto. Eram malhas – argolas coloridas para serem jogadas sobre quilhas em forma de letras. Eram cartões alegres com recortes de sílabas que lançava dispersos nos pátios e mandava os meninos apanhar para a formação de nomes e de frases."

Da obra "Ontem ao luar – Vida romântica do poeta do povo Catullo da Paixão Cearense", de autoria do poeta Murillo Araujo. Editora A Noite, Rio de Janeiro, 1951. Página 127.

No dia 5 de julho de 1908, um acontecimento marcou a história da música no Brasil:

"Por esse tempo, o violão era considerado, no Rio, uma espécie de arma proibida. Andar com um violão alta noite, era trazer consigo um atestado de má conduta, uma prova de que pertencia à numerosa classe dos... desclassificados. E foi quando Catullo surgiu.

Era uma festa de beneficência no antigo Instituto de Música. Vários números foram executados, no piano e no violino. E esperavam, todos, um poeta que recitasse, ou uma soprano, que vomitasse os pulmões, quando apareceu no tablado, os olhos afundados na testa, o nariz longo, de quem cheira longe, um rapazola de aspecto popular, agarrado a um violão.

A decepção foi geral, no primeiro momento. O rapazola sentou-se, porém, desembaraçado, cruzou a perna, curvou o rosto em cima do pinho, chegou-o mais ao coração, e a primeira nota partiu, primeiro do instrumento, depois, do peito comovido. E estalou, pela primeira vez, num salão aristocrático do Rio de Janeiro, acompanhada pelas cordas de um violão, a modinha nacional!"

Humberto de Campos. Da obra "Perfis — segunda série". Editora Mérito, Rio de Janeiro, 1936. Páginas 71 e 72.

Os que tiveram a felicidade de ver e ouvir Catullo são unânimes em declarar o encanto que a sua atuação despertava:

"Catullo Cearense é, de fato, uma figura que se destaca, muito fora do comum. Tudo nele tem alguma coisa de singular: a larga fronte aberta e iluminada; o nariz a Cirano, exuberante, mas discreto, uns grandes olhos meigos e brilhantes; a boca recortada, onde paira um sorriso quase contínuo, que se não se sabe se tem mais de irrisão, sutil ou de ingenuidade e modéstia. Um semblante, em suma, de bondade e de carinho, com o qual num momento se familiarizam todos. A cabeça dir-se-ia que se não move: acompanha os movimentos rápidos do tronco. O acionado — sóbrio, amplo, magnífico... a gesticulação — espontânea e flagrante — como se toda a alma agitada lhe viesse ao gesto e fulgurasse pelo olhar fixo e incisivo... Quando canta, tem uns arremessos para a frente, uns ímpetos de ir para cima..."

Rocha Pombo. "Catullo, o grande cantor". Da obra "Um boêmio no céu", de Catullo da Paixão Cearense. Livraria Império Editora, Rio de Janeiro, 1966. Oitava edição. Página 141.

Além de cantar e compor, Catullo era mestre na arte de colocar letra em música.

Certa vez, o seu amigo João Pernambuco, parceiro de muitas serestas, veio mostrar a canção "Engenho do Humaitá". O tempo passou... E Catullo, baseado na melodia desta canção, teceu um belo poema, e fez nascer o "hino nacional do coração brasileiro" – a canção "Luar do sertão":

"Oh, que saudade,
do luar da minha terra,
lá na serra
branquejando folhas secas
pelo chão!
Este luar, cá da cidade,
tão escuro,
não tem aquela saudade
do luar
lá do sertão!

Não há,
ó gente,
oh, não,
luar
como esse
do sertão."

A lua já era um tema presente na poesia de Catullo. A partir de "Luar do sertão", os dois viraram sinônimos. Esta é a verdade verdadeira: depois de Catullo, ninguém mais olhou a lua da mesma maneira...

CORAÇÃO DOS OUTROS

A poesia de Catullo é uma realidade viva. A vida real de Catullo, entretanto, parece poesia...

Humberto de Campos sintetizou muito bem esta realidade poética:

"Ao lado do cantor boêmio, surgia o poeta maravilhoso, o poeta imenso, rico de imagens originais, de surtos, que ele próprio não saberia explicar. Ao cantor de modinhas, autor choroso da "Lira Popular", sucedia o aedo legítimo do "Meu Sertão". Era Homero, renovado, saindo da casca de Chico Sossego. Não obstante essa metamorfose, Catullo, o homem, não se modificava. O seu nome ganhava celebridade, atravessara o oceano, era citado nos jornais portugueses e no "Mercure de France", mas o poeta continuava o mesmo. A sua casinhola do Engenho de Dentro, afundada no mato, continuava como era. Lá recebia ele os seus admiradores novos, escritores estrangeiros e acadêmicos nacionais, como recebia, outrora, Chico Xexéu e Bernardo Bem-te-vi. Os seus banquetes continuavam a ser de feijoada, e, por mais ilustre que fosse o visitante, o champanha nunca substituiu o parati.

Fora de caminho, no meio de um pequeno roçado, a casa de Catullo passará à História. Feita, outrora, de um único compartimento, o poeta havia resolvido o problema da comodidade, dividindo-a por meio de lençóis. Com quatro pregos e alguns metros de pano de algodão, dividia ele a cozinha da sala de jantar, e a sala de visitas do quarto de dormir."

Humberto de Campos. Da obra "Perfis — segunda série". Editora Mérito, Rio de Janeiro, 1936. Páginas 73 e 74.

Guimarães Martins, seu grande amigo e discípulo, conta uma história exemplar:

"Numa tarde radiosa de sol e de alegria, prostrado a um dos passeios da aristocrática rua do Ouvidor, um pobre cego, que esmolava, procurava atrair a multidão dos transeuntes cantando e acompanhando-se ao violão.

A multidão, porém, passava indiferente... E o chapéu do cego continuava no chão... mas vazio.

Foi quando chegou Catullo e apiedado, tomou o violão da mão do cego, afinou-o e cantou com a sua voz de tenor, deslumbradamente, esta sua admirável canção.

Atraídos pela beleza da voz, dos versos, da música e do acompanhamento, os viandantes apinharam-se em torno do Artista.

Terminada a canção, Catullo, sob aplausos delirantes de toda a assistência, apanhou no chão o chapéu do cego e apresentou-o aos ouvintes, que encheram-no de moedas e cédulas.

Catullo abraçando o pobre cego, entregou-lhe o chapéu transbordante de dinheiro e partiu com aquele seu permanente sorriso de bondade."

Guimarães Martins. Da obra "Modinhas", de Catullo da Paixão Cearense. Primeiro Volume. Editora Fermata do Brasil, São Paulo, 1972. Terceira edição aumentada. Seleção organizada, revista, prefaciada e anotada por Guimarães Martins. Página 58. A "admirável canção", a que se refere o texto, é de autoria de Catullo e tem o nome de "O cego" - e foi cantada por seu autor no Instituto Benjamin Constant.

Na peça teatral "Um boêmio no céu", Catullo se transforma em personagem:

"Senhor, eu fui dos poetas o primeiro
que trouxe o sertanejo com a viola
dos "bredo" do sertão, em que vivia,
para o fazer entrar com as trovas
nos salões, nos teatros, nos palácios,
e até na Catedral dos semi-deuses,
dos Imortais mortais da Academia!

Com as modinhas que eu fiz e que eu cantava
com o violão e o meu estro, sobre-humano,
conduzindo-o, vaidoso, às salas nobres,
eu fiz deste instrumento dos peraltas
um irmão do violino e mais: - do piano!"

Da obra "Um boêmio no céu". Livraria Império Editora, Rio de Janeiro, 1965. Oitava edição. Página 123.

Ao comentar a canção "Teu pé", Guimarães Martins lançou uma pista ficcional para desvendar o poeta real:

"'Teu pé' e 'A promessa', composições de Catullo, estão parodiadas no romance 'O triste fim de Policarpo Quaresma', de Lima Barreto. Nesse livro, o personagem 'Ricardo Coração dos Outros' é Catullo da Paixão Cearense, caricaturado pelo seu grande amigo e admirador Lima Barreto."

Guimarães Martins. Da obra "Modinhas", de Catullo da Paixão Cearense. Primeiro Volume. Editora Fermata do Brasil, São Paulo, 1972. Página 124.

"Triste fim de Policarpo Quaresma" foi publicado em folhetins do "Jornal do Comércio" em 1911. A primeira edição em livro saiu em 1915. Nesta obra de ficção, podemos encontrar várias realidades catullianas.

Para começar, Lima Barreto cria um nome que serve de definição para o poeta e sua poesia: "Ricardo Coração dos Outros". Catullo realmente se colocava no "coração dos outros" para emocionar a todos. Ou ainda: fazia do seu próprio coração a morada "dos outros".

Em vários momentos, Lima Barreto cria cenários que revelam a relação de Catullo com o violão, a voz e os ouvintes:

"Mal foi aceso o gás, o mestre do violão empunhou o instrumento, apertou as cravelhas, correu a escala, abaixando-se sobre ele como se o quisesse beijar." (pág. 30)

"A atenção era geral. Deu começo. Principiou brando, gemebundo, macio e longo, como um soluço de onda; depois, houve uma parte rápida, saltitante, em que o violão estalava." (pág. 106)

Lima Barreto. "Triste fim de Policarpo Quaresma". Editora Brasiliense, São Paulo, 1970.

O ESPANTOSO INVENTOR DE METÁFORAS

Estamos em 1914... Com a sua arte de cantor, violonista, compositor e letrista, Catullo é admirado por todos, nos quatro cantos do Brasil. Mas algo de estranho irá acontecer...

"Ora, por aqueles dias, lá pelos idos de 1915, um amigo e patrício do troveiro, o poeta Ignácio Raposo, convidou-o para escreverem juntos, de parceria, uma burleta ligeira de tema sertanejo.

Nasceu por tal modo "O marroeiro", cuja representação constituiu um êxito memorável de aplausos e de bilheteria, com interminável permanência em cartaz.

A peça foi à cena no teatrinho do povo, o São José, pela companhia em cujo elenco já brilhava com todo o ardor seu amigo e fiel intérprete nas modinhas, o tenor Vicente Celestino. E Catullo Cearense, em pessoa, atuou algumas vezes criando o papel do Marroeiro, o que fazia com uma verdade e uma força que arrancavam imensas ovações da plateia.

Continha a obra, além de canções diversas, um recitativo em verso, que Catullo, para maior verismo compôs usando da própria linguagem tosca e deturpada dos sertões."

Da obra "Ontem ao luar – Vida romântica do poeta do povo Catullo da Paixão Cearense", de autoria do poeta Murillo Araujo. Editora A Noite, Rio de Janeiro, 1951. Página 141.

Comprometido com a sua arte, Catullo encontrou uma nova forma de expressão poética: antes, compunha para cantar; agora, escreve para declamar. E tanto escreveu e declamou que, em 1918, lançou o seu primeiro livro de poemas: "Meu sertão" – onde ficamos conhecendo "O Lenhador".

Em uma crônica no "Diário Nacional", publicada em 20 de dezembro de 1931, Mário de Andrade afirma:

Catullo "tornou-se um poeta admirável, certamente o maior criador de imagens da poesia brasileira. Com "Meu sertão" dava um livro um pouco menos que genial.(...) O que distingue imediatamente Catullo Cearense da poesia propriamente popular é o que tem de mais precioso nele, a metáfora. (...) Mas eis que Catullo Cearense se bota comentando um sentimento, uma cabocla, um fato. Surge então o vate admirável, analista bom, frase percuciente, e sobretudo o espantoso inventor de metáforas."

Mário de Andrade. "Catullo Cearense". Da obra "Táxi e crônicas no Diário Nacional". Estabelecimento de texto, introdução e notas de Telê Porto Ancona Lopez. Duas Cidades – Secretaria da Cultura, Ciência e Tecnologia, São Paulo, 1976. Páginas 475 e 476.

Catullo escreveu muitos livros: "Sertão em flor" (1919), "Poemas bravios" (1921), "Mata iluminada" (1924), "O evangelhos das aves" (1927), "Meu Brasil" (1928), "Fábulas e alegorias" (1928), "Alma do sertão" (1928), "O Sol e a Lua" (1934), "O testamento da árvore" (1943)...

A peça "Um boêmio no céu", lançada em 1945, foi montada pela primeira vez em 2007. Isso mesmo: sessenta e dois anos depois! José Mayer foi o idealizador e o protagonista desta peça – com direção de Amir Haddad, e a participação dos atores Antonio Pedro Borges e Aramis Trindade.

E tem mais... Catullo "foi um tradutor carinhoso e meticuloso", como escreveu Carlos Maul.

Em visita ao Brasil, o poeta espanhol Salvador Rueda (1852 – 1933) foi visitar Catullo – e ficou admirado ao ouvir vários de seus poemas traduzidos pelo próprio Catullo.

"A poesia no curso primário", uma inovadora antologia escolar organizada por Alaíde Lisboa, Zilah Frota e Marieta Leite, lançada em 1939, traz um poema do escritor francês Jean Aicard (1848 – 1921), "A lenda do pastor", em tradução de Catullo da Paixão Cearense.

No dia 10 de maio de 1946, no Rio de Janeiro, o nosso menino maranhense "luarizou-se", como escreveu o poeta Mario Quintana.

No momento do seu enterro, a multidão, emocionada, cantava "Luar do sertão"- enquanto uma linda lua Quarto Crescente, também emocionada, tomava conta do céu.

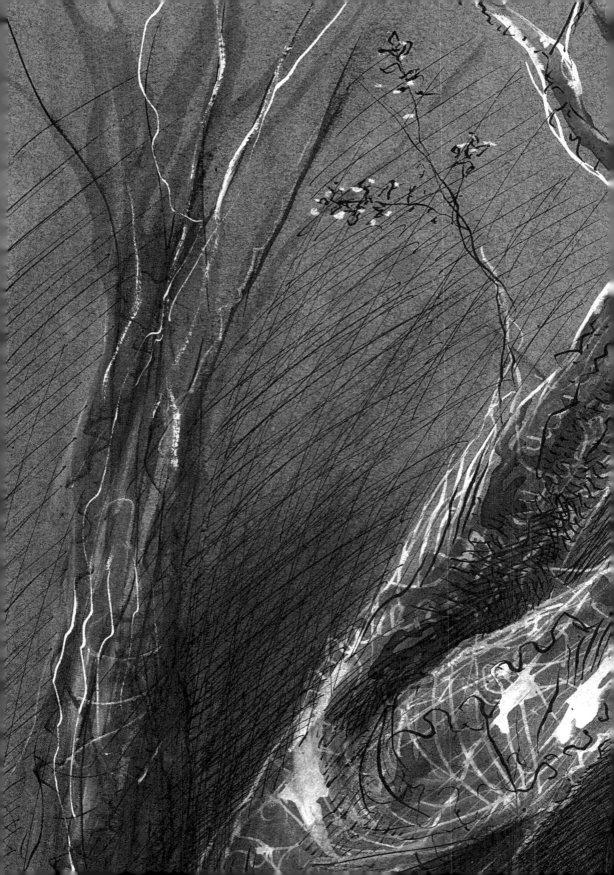

UM "LENHADOR" DIFERENTE

Em seu livro "Poemas bravios",
de 1921, Catullo incluiu novamente
o poema "O Lenhador", mas com
alterações.

Você está convidado a ler esta nova
versão – e a fazer as suas comparações.
Boa leitura!

O Lenhador

À memória de Paulo Silva Araujo,
o grande bacteriologista

Era uma vez... Meus meninos!
Era uma vez!... Atenção!

Eu vou contar-vos a história
do lenhador do sertão.

Guarde-a bem na memória,
ou, antes, no coração.

Um lenhador derribava,
à toa, sem precisão,
tudo quanto ele encontrava
que fosse vegetação.

A sua pobre avozinha
toda a noite e todo o dia,
(mas sempre falando em vão...)
sem se cansar, lhe dizia:

"Meu filho!... Tem compaixão!
Respeita a imagem das árvores,
porque elas têm coração."

E o lenhador chaboqueiro,
a rir-se, como um selvagem,
dizia que os seus conselhos
não passavam de bobagem.

Assim, risonho, o malvado,
acordando muito cedo,
pegava do seu machado
e levava o dia inteiro
esfrangalhando o arvoredo.

E a sua triste avozinha,
sempre a chorar, mas em vão,
a toda a hora do dia,
como quem faz oração,
de joelhos, lhe repetia
que tivesse compaixão
da santidade das árvores,
que tem alma e coração.

Pois bem: nesse mesmo dia,
a soltar feros rugidos,
sem atender aos gemidos
da sua avó, da avozinha
centenária de janeiros,
o bruto, o bruto dos brutos,
derribou dois ingazeiros
carregadinhos de frutos.

E a sua avó, coitadinha,
que tantas mágoas já tinha,
piedosa, assim lhe falou:

"Meu netinho: sê bondoso,
como foi teu santo avô!
Por que foi que decepaste
aqueles dois ingazeiros,
dois amigos fraternais?
Vai pedir perdão, meu filho,
perdão para os teus pecados

aos dois troncos decepados
desses Cristos vegetais!"

D'uma feita, o criminoso,
cantando, jogou no chão
um pé de jacatirão,
tão moço e tão extremoso,
que, com fraternal carinho,
com carinho paternal,
guardava entre os seus verdores
o ninho de um cardeal.

E a velha, que não cansava
de aconselhar o impiedoso
naquele eterno estribilho,
ainda assim suplicava:

"Meu filho, meu pobre filho,
tuas ações são contadas
pelo mal que tu fizeres!
Respeita todas as árvores,
que ainda mesmo agigantadas,
são fracas, como as mulheres."

D'outra feita, o renegado,
sem um tiquinho de dó,
desgalhou a laranjeira
da pobrezinha da avó,
uma velha laranjeira,
cujas flores enfeitaram,
há meio séc'lo passado,
seu vestido de noivado,
quando ela e o morto adorado
na igrejinha se casaram.

E a avó, sempre com o perdão,
sempre, sempre repetia:

"Tu mataste a laranjeira,
que há tempos já não floria!

É debalde que eu te imploro!
Eu sei que te imploro em vão!
Mas, filho! Tem caridade!
Tem um tico de piedade
da pobre vegetação."

Mas, qual!... Meus filhos! O homem
já não tinha coração!

Vede quanta perversão!

Do lado do capinzal,
lá, onde pastava o gado,
erguia-se um grande ipê,
que o avô tinha plantado.
No tempo em que ele podia
no seu roçado roçar,
depois de levar na roça
com a sua enxada a cavar,
debaixo daquela sombra,
nas horas quentes do dia,
vinha o velho descansar.

Se era noite de luar,
ali, num banco de pedra,
com a viola conversando,
o velho, já caducando,
rasgava o peito a cantar.

Pois bem. Um dia, o tinhoso,
a fera desnaturada,
o tirano dos tiranos,
quis destruir, às encolhas,
aquela planta sagrada,
aquele templo de folhas,
que tinha mais de cem anos.

Mas quando o rei das florestas,
aos golpes do seu machado,
já começava a pender,

o grande amaldiçoado
viu uns borbulhos de sangue
do tronco velho escorrer!!...
Sacudiu fora o machado,
e deu de perna a valer.

E foi correndo... Correndo!...

E os troncos que ia revendo
das plantas, que decepou,
eram braços levantados
de uns homens, desenterrados,
a gritar: "Vai-te, impiedoso!...
Vai-te embora, cão tinhoso!...
Cão danado! Cão leproso!
Foi Deus quem te castigou!"

E foi correndo... Correndo!...

Cada vez corria mais! ..

Quis parar!... Olhou pra trás!...

Mas vendo o ipê debruçado,
como um Cristo ensanguentado,
cada vez corria mais!!

Numa curva do caminho,
um pobre e velho ranchinho,
abandonado, avistou!

Quer ver se para e descansa,
e o ranchinho, por vingança,
todo inteiro desabou.

E foi correndo e gritando!...

E toda a vegetação
que o malvado ia encontrando
e que mal podia ver,

como se fosse arrancada
com toda a raiz da terra,
numa grande disparada,
ia atrás dele a correr!!!

Na crista da encruzilhada,
vendo uma gruta fechada
de verde capoangal,
barafustou pelo mato,
que, logo que viu o ingrato,
de mato manso e macio,
ficou sendo um espinhal!!

E foi outra vez correndo,
correndo pelos caminhos!

O capim que ele pisava,
no mesmo instante ficava
crivado todo de espinhos!!

Ia correndo, sem tino,
como um pérfido assassino,
que um inocente matou!

Mas, agora, em sua frente,
o que ele viu, de repente,
que, de repente, empacou?!

Era um rio que passava
ali, naquele lugar!
O rio tinha uma ponte!...
Ele foi atravessar!...
Pôs o pé!... Ia passando!...
E a ponte rangeu, quebrando!...
E o homem cai, bracejando,
na correnteza, a boiar!

"Socorro, meu Deus! Socorro!"...
gritava, já se afogando!
"Socorro, que eu vou morrer!

Eu juro pela avozinha,
a mãe da minha mãezinha,
nunca mais na minha vida
uma só planta ofender!"

Então, um verde ingazeiro,
que estava à margem do rio,
esticou-lhe um braço verde,
para dar-lhe a salvação!

O homem pegou no galho,
os dentes no galho aferra,
foi subindo, foi subindo,
e quando pisou em terra,
chorava mais que um chorão!

Chorando e beijando o galho,
dizia: "Muito obrigado!
Deus te conserve, enfolhado,
com todo viço e verdor!
Quero esquecer meu passado!...
Vou sepultar meu machado!
Não serei mais lenhador!"

Pois bem. Depois do perdão
e daquelas juras santas
que fez ao velho ingazeiro,
veio a regeneração!

O lenhador do sertão,
para expurgar-se dos crimes,
transformou-se em jardineiro!!

*

Deixando os matos agrestes,
veio em caminho da roça!

E, em breve, ao redor da choça,
feita de barro e coberta
de sapês hospitaleiros,

só se viam, florescendo,
canteiros e mais canteiros.

Levava os dias inteiros
tratando do seu jardim.
E a avó, que já carregava
mais de cem anos de idade,
dizia que neste mundo
nunca viu tanta bondade
e tanta pureza assim.

Depois do labor do dia,
nem mesmo às noites dormia!
Bastava o simples rumor
de um inseto zumbidor,
ou um cicio da aragem,
ciciando entre a folhagem,
para abrir a janelinha
da sua choupanazinha,
e escutando esses rumores,
ficar ali, debruçado,
ouvindo a noite inteirinha
o meigo sonho das flores!

De manhã, de manhã cedo,
lá ia saber das rosas,
dos cravos, dos crisantemos,
das açucenas cheirosas,
se tinham dormido bem.

Tinha cuidado com as rosas
que as avós mais carinhosas
com os seus netinhos não têm.

Dizia a uma flor: "Bom dia!
Como está hoje vermelha!"
Dizia a outra: "Coitada!
Perdeu seu mel! Foi roubada!
Minha flor!... Serás vingada!
Hei de matar essa abelha!"

Depois, com mágoa... com pena
de uma formosa açucena,
que parece que chorava,
batia leve no galho
para livrá-la das lágrimas
daqueles pingos de orvalho!

Ia apanhando do chão,
a flor que no chão caía!

Nas rudes costas da mão,
alimpando as flores d'água
que vinham do coração,
batia em cima do peito,
como quem faz confissão.

Quando o sino da capela
vibrava na Ave Maria
as seis notas mensageiras,
(como Cristo ajoelhado
no jardim das Oliveiras),
o grande regenerado
pedia a Deus pelas almas
das flores que nesse dia
no jardim tinha enterrado.

*

E agora, quando passava
entre as árvores, cantando,
cheios d'água, carregando
seus dois grandes regadores,
os arvoredos, mostrando
que ao lenhador perdoavam,
no jardineiro atiravam
as suas palmas de flores!!!

No dia em que o lenhador,
que se tornou jardineiro,
rendeu sua alma ao Senhor,
diz o povo do lugar

que, quando foi a enterrar,
as borboletas voavam,
e os passarinhos, cantando,
o féretro acompanhavam!...

E os arvoredos e os matos,
por serem órfãos de flores,
reconhecidos e gratos,
por tamanha adoração,
ao doce gemer dos ventos,
agitavam-se, em lamentos,
atirando seus verdores
sobre as tábuas do caixão.

*

Quem, hoje, por alta noite,
nas horas de mais "quebranto",
passa pelo Campo Santo,
velho, triste e abandonado,
vê um vulto pervagando
de campa em campa, regando
as flores do cemitério,
onde ele foi enterrado.

Certa vez, o escritor Humberto de Campos disse que não conseguia ler e ouvir os poemas de Catullo sem pensar na maravilhosa história do "Papagaio do Limo Verde":

"O príncipe real do Limo Verde veio, como de costume, encantado num grande e lindo papagaio; foi chegando e batendo com as asas na janela do quarto; a namorada abriu-a, e ele foi dizendo: 'Dai-me sangue, dai-me leite, ou dai-me água'! A moça apresentou-lhe um banho numa grande bacia; o papagaio caiu dentro da água a se arrufar e bater com as asas; cada pingo de água que lhe caía das penas era um diamante, e assim é que a moça ia ficando cada vez mais rica."

"Contos populares do Brasil". Sílvio Romero. Editora Landy, São Paulo, 2000. Páginas 115 e 116.

O "príncipe" é Catullo, "cada pingo de água" é um poema, e a "moça" somos todos nós, leitores e ouvintes, que nos enriquecemos com esta chuva de imagens, sonoridades, sensibilidades...

E agora você está convidado a conhecer uma pequena coleção de diamantes catullianos.

Boa leitura!

"Diz uma trova,
que o sertão todo conhece,
que, se à noite,
o céu floresce,
nos encanta,
e nos seduz,
é porque rouba dos sertões
as flores belas
com que faz essas estrelas
lá do seu jardim de luz!!!

Não há,
ó gente,
oh, não,
luar
como esse
do sertão.

Mas como é lindo ver,
depois,
por entre o mato, deslizar,
calmo,
o regato,
transparente como um véu,
no leito azul das suas águas,
murmurando,
ir, por sua vez,
roubando
as estrelas
lá do céu!!!"

Luar do sertão

"Cumo se fosse as istrela
vindo do céu, numa festa,
as brubuleta istrelava
o céu verde da froresta,
onde as borá e as mumbuca
e as manduri zunzunava!"

O velho marroeiro

✳

"A lua, branca arupema,
toda redonda e cheinha,
penerava lá de riba!
E o rio tava tão branco,
cumo um montão de farinha!"

Terra caída

✳

"A lua inté paricia
uma frô dos aguapé
e as istrela era as abêia,
de todo o lado avuando,
pra vim chupá o seu mé!"

A vaquejada

"Mas, às vezes, a Saudade
acorda-me a Mocidade
com tanta exasperação,
que eu abro as duas porteiras
dos olhos, meu bom patrão,
e deixo que, atropelada,
saia, só numa arrancada,
toda a boiada das lágrimas
do curral do coração!"

Saudade

✳

"Porque o sol, que era a alegria,
o sol, cheirando a sol novo,
era tal e qual um ovo
que a Ave Preta da noite
tivesse posto e chocado
no cimo da serrania,
um ovo, de onde saía,
de orvalho, todo orvalhado,
um pássaro branco – o Dia!
(...)
O sino da capelinha
em seis pancadas floria."

A colcha de retalhos

✳

"Um teimoso "quero-quero",
que estas duas palavrinhas
tantas vezes repetia,

cantava junto da amada,
que, por ele acariciada,
só ela, por ser esposa,
sabia o que ele queria!
(...)
Um riachinho, pobrezinho,
escasso d'água, fininho,
vinha correndo, saltando,
nas pedras espumejando
com tanto amor e tristeza,
que logo se percebia
que ao ver o rio tão grande
na sua enorme grandeza,
fazia renda nas pedras,
para fingir alegria
e disfarçar a pobreza!"

Madrugada brasileira

*

"Hoje, que eu cunheço a dô
que me fez sê violêro
e me insinou a cantá,
cumo canta os passarinho,
eu te digo, Zé Mingau,
que a dô é cumo o relâmpo,
que assusta a gente no iscuro,
mas alumêia os caminho."

Descantes sertanejos — A dor e a alegria

"Apois, os cabelo dela
tão preto pro chão caía,
que toda a frô que butava
nos cabelo, a frô murchava,
pensando que anoiticia!!!"

O marroeiro

﹡

"Cum toda essa mapiage,
vassuncê, seu senadô,
nunca um dia se alembrou
que lá, naquelas parage,
a gente morre de sede
e de fome... sim, sinhô!
Vassuncê só abre o bico,
pra cantá cumo um cancão,
quando qué fazê seu ninho
nos gaio duma inleição!
(...)
Vancê leva nestes livro
lendo e lendo a toda hora!
Mas porém eu só queria
cunhecê, seu Conseiêro,
o que vancê inguinora!!!"

A resposta do Jeca-tatu

"E a lua com seus caprichos,
que anda sempre com as estrelas
comadreando em cochichos,
não tem hora de nascer!"

Flor da noite

*

"Quando um galo geme ô luá
e os outro longe arresponde,
lá tão longe, a saluçá,
um outro galo, o Passado
se põe-se dentro da gente
no coração a cantá!
(...)
O vento é um cabra ronhêro,
é taliquá um violêro
que canta de noite e de dia
suas pena e suas mágua
na viola das mataria!"

O tocador de ganzá

*

"Ladrar, latir, ganir, uivar,
é a principal função,
o papel cachorral de todo cão."

A cachorrada

"Por isso, eu vos peço, estrelas,
que griteis lá do Infinito
que o poeta que vos aclama,
irradiando os versos seus,
com toda a sua humildade,
em nome da humanidade,
da ciência e da verdade,
envia esta prece a Deus!

"Dizei, que nós, brasileiros,
aqui, deste mundo obscuro,
nesta noite festival,
suplicamos, ajoelhados,
que estes céus, todo estrelados,
sejam, na paz do futuro,
a Bandeira Universal!""

Invocação aos astros

O VOCABULÁRIO DA PAIXÃO

Catullo buscava palavras nos livros, buscava palavras na fala do povo do sertão e da cidade - e também inventava palavras:
Abispei, Berandejando, Calusfrio, Derrepentemente, Descabimbado, Dolorisíssimamente, Farrambançuda, Fenômico, Fiziulustria, Fubeca, Gorogotó, Ispantação, Isvisguei, Lausperene, Mazombo, Ruvinhoso, Senvergonhamente, Sesquipedal, Sobrosso, Taliquá, Trupizupe, Vingarenta, Xeringamança, Zuruó...

BIBLIOGRAFIA CONSULTADA

Obras de Catullo da Paixão Cearense

"Meu sertão". Rio de Janeiro, Editora Bedeschi, 1946.
Décima segunda edição. Primeira edição: 1918.

"Poemas bravios". Rio de Janeiro, Editora Bedeschi, 1951.
Décima edição. Primeira edição: 1921.

"Sertão em flor". Rio de Janeiro, Editora Badeschi, sem data.
Décima segunda edição. Primeira edição: 1919.

"Poemas escolhidos". Rio de Janeiro, Editora Livraria Império,
1944. Sexta edição. Seleção organizada, anotada e revista por
Guimarães Martins.

"Modinhas". São Paulo, Editora Fermata do Brasil, 1972. Seleção
organizada, revista, prefaciada e anotada por Guimarães Martins.

"Meu Brasil". Rio de Janeiro, Edição do Anuário do Brasil, 1928.

"Fábulas e alegorias". Rio de Janeiro, Editora A Noite, 1945.
Quinta edição.

"Um boêmio no céu". Rio de Janeiro, Livraria Império Editora,
1966. Oitava edição.

"O milagre de São João". Rio de Janeiro, Livraria Para Todos, 1958.
Sexta edição.

Obras sobre Catullo da Paixão Cearense

"Catullo da Paixão – vida e obra". Haroldo Costa. Pesquisa
e prefácio: Luiz Antonio de Almeida. Rio de Janeiro, ND
Comunicação, 2009.

"Ontem ao luar – Vida romântica do poeta do povo Catullo da
Paixão Cearense". Murillo Araujo. Rio de Janeiro, Editora A Noite,
1951.

"Catullo (sua vida, sua obra, seu romance)". Carlos Maul.
Rio de Janeiro, Editora Livraria São José, 1971.

"Violão ao luar e Vulcões de flores – Catullo da Paixão Cearense e Correa de Araujo". Rio de Janeiro, Edição do Grêmio Cultural Catullo da Paixão Cearense, 1974.

"Catullo na Academia Maranhense". Rio de Janeiro, Livraria Império Editora, 1968.

"Vivos e mortos". Agrippino Grieco. Rio de Janeiro, Editora Schmidt, 1931.

"Perfis – segunda série". Humberto de Campos. Rio de Janeiro, Editora Mérito, 1936.

"Biografia de Catullo da Paixão Cearense". Guimarães Martins. Texto que acompanha o álbum "Catullo – Intérprete: Tenor Vicente Celestino" lançado pela RCA Victor – Rio de Janeiro, sem data.

"Cândido das Neves e Catullo da Paixão Cearense". Nova História da Música Popular Brasileira. Abril Cultural, 1978, segunda edição, revista e ampliada.

"Táxi e crônicas no Diário Nacional". Mário de Andrade. Estabelecimento de texto, introdução e notas de Telê Porto Ancona Lopez. Editora Duas Cidades/Secretaria da Cultura, Ciência e Tecnologia, 1976.

"João Pernambuco, a arte de um povo". José de Souza Leal e Artur Luiz Barbosa. Rio de Janeiro, Funarte, 1982. Coleção MPB, 6.

"O Rio musical de Anacleto de Medeiros: a vida, a obra e o tempo de um mestre do choro". André Diniz. Rio de Janeiro, Editora Jorge Zahar, 2007.

"Obras primas da lírica brasileira". Seleção de Manuel Bandeira. Notas de Edgard Cavalheiro. São Paulo, Livraria Martins Editora, 1944.

"A música popular no romance brasileiro – Volume II: Século XX (Primeira parte)". José Ramos Tinhorão. São Paulo, Editora 34, 2000.

"Noções de História das Literaturas". Manuel Bandeira. São Paulo, Companhia Editora Nacional, 1954. Segundo volume.

Esta foto foi gentilmente cedida para esta publicação por Luiz Antonio de Almeida, pesquisador da música brasileira.

O AUTOR

Como escreveu Lopes da Silva, este violeiro se dizia "grande", porque não considerava ninguém pequeno. Como seresteiro e boêmio, sempre viveu entre os últimos – e sempre soube apreciar a grandeza dessa pequenez, e a complexidade dessa simpleza. Catullo só se curvava diante de uma realeza: a poesia.

"Os galo entonce amiudava!...
As sericóia raiava!...
Turtuviava as jaçanã!...

E lá, no cauã da serra,
pru detrás dum sorocôvo,
alegre, cumo a viola
incordoada de novo,
vinha rompendo a minhã!!!"

O velho marroeiro

O ORGANIZADOR

Francisco Marques (Chico dos Bonecos) é poeta, contista e desenrolador de brincadeiras. Formado em Letras pela UFMG.

Inventa, pelos sete cantos do Brasil, oficinas e espetáculos ao redor de brinquedos milenares e planetários – sempre contemporâneos e futuristas.

Obras de Francisco Marques lançadas pela Editora Peirópolis:

Galeio

Esta obra recebeu, em 2005, o Prêmio FNLIJ Odylo Costa, filho – "O Melhor Livro de Poesia" – concedido pela Fundação Nacional do Livro Infantil e Juvenil (FNLIJ).

Muitos dedos: enredos

Um rio de palavras deságua num mar de brinquedos

Esta obra recebeu, em 2006, a Menção "Altamente Recomendável", na categoria Criança, da Fundação Nacional do Livro Infantil e Juvenil (FNLIJ).

Desvendério

Quem conta um conto omite um ponto e aumenta três

Esta obra recebeu, em 2007, a Menção "Altamente Recomendável", na categoria Reconto, da Fundação Nacional do Livro Infantil e Juvenil (FNLIJ).

Muitas coisas, poucas palavras

A oficina do professor Comênio e a arte de ensinar e aprender

Direção musical: Estêvão Marques. Dedicada aos professores e aos pais, esta peça radiofônica é uma adaptação da obra "Didática magna", lançada em 1657, de autoria de João Amós Comênio.

Agradecimentos

Irene Siqueira Campos
José Mayer
Luiz Antonio de Almeida

"Um rio estava parado,
como um poeta, enamorado
de umas flores amarelas,
que de arbusto copado
em suas águas caíam,
provocando uns arrepios,
que em círculos, circulando,
iam-se abrindo e alargando,
até que, chegando à margem,
dando um último soluço,
num beijo se desfaziam!"

Catullo da Paixão Cearense
Madrugada brasileira

Copyright © 2011 Irene Siqueira Campos
Copyright © 2011 da organização Francisco Marques

Editora
Renata Farhat Borges

Editora assistente
Lilian Scutti

Produção editorial
Carla Arbex

Produção gráfica
Alexandra Abdala

Projeto gráfico e capa
Thereza Almeida

Ilustrações
Manu Maltez

Revisão
Jonathan Busato

Editado conforme o Acordo Ortográfico da Língua Portuguesa de 1990.

Este livro foi impresso sobre papel Offset Alta Alvura 120g/m^2 pela gráfica RR Donnelley.

Dados Internacionais de Catalogação na Publicação (CIP)
(Câmara Brasileira do Livro, SP, Brasil)

Cearense, Catullo da Paixão
O lenhador/ Catullo da Paixão Cearense;
organização Francisco Marques (Chico dos bonecos)
ilustrações
Manu Maltez. – São Paulo: Peirópolis, 2011.

Bibliografia.

ISBN 978-185-7596-221-3
1. Poesia brasileira I. Marques, Francisco (Chico dos bonecos).
II. Maltez, Manu. III. Título.

11-02692   CDD-869.91

Índices para catálogo sistemático:
1. Poesia: Literatura brasileira 869.91

1ª edição, 2001 - 2ª reimpressão, 2013

Editora Peirópolis Ltda.
Rua Girassol, 128 – Vila Madalena
05433-000 – São Paulo – SP
tel.: (11) 3816-0699 | fax: (11) 3816-6718
vendas@editorapeiropolis.com.br
www.editorapeiropolis.com.br

Missão

Contribuir para a construção de um mundo mais solidário, justo e harmônico, publicando literatura que ofereça novas perspectivas para a compreensão do ser humano e do seu papel no planeta

A gente publica o que gosta de ler: livros que transformam

www.editorapeiropolis.com.br